Ich begehre Frauen

Edition Moderne

Diane Obomsawin

CATHERINE
ICH WUSSTE SCHON IMMER, DASS ICH ANDERS BIN.
ICH FÜHLTE MICH SEHR ZU MEINER LEHRER-
IN HINGEZOGEN.
DAS GING 5 JAHRE SO.
do Elephants wear pijamas?
no elephants don't wear pijamas
1

ICH TAT SO EINIGES, UM VON IHR BEACHTET ZU WERDEN...
...UND WURDE JEDES MAL ROT, WENN SIE MICH ANSPRACH.
WER HAT LAFONTAINES FABELN GESCHRIEBEN? CATHERINE!
MEINE MITSCHÜLERINNEN FANDEN DAS LUSTIG.
HA! HA!
DANN WECHSELTE SIE DIE SCHULE.
UND ICH DURCH ZUFALL AUCH.
2

ICH FAND HERAUS, DASS SIE GANZ IN DER NÄHE VON UNS WOHNTE.
BALD NAHM SIE MICH MORGENS MIT.
WIR SIND NACHBARINNEN!
UND JEDEN ABEND FUHR SIE MICH NACH HAUSE.
EINMAL LIESSEN EIN PAAR FREUNDE UND ICH VOR IHREM HAUS DIE REIFEN QUIETSCHEN.
WIR FUHREN SO LANGE IM KREIS HERUM, BIS SIE UNS BEMERKTE.
VROOOUMMMMM
3

SIE KAM AUS DEM HAUS UND SAGTE:
HALLO! DAS REICHT JETZT ABER!
VROOOUMM
ICH WAR REBELLISCH, WEIL ICH NICHT WUSSTE, WOHIN MIT ALL MEINEN FRAGEN UND UNSICHERHEITEN ÜBER MEINE SEXUELLE ORIENTIERUNG.
IN DER SEKUNDARSCHULE GING ICH MIT JUNGEN AUS, UM NICHT AUFZUFALLEN.
ICH WAR ZUTIEFST UNGLÜCKLICH.
DAS ERSTE MÄDCHEN, DAS ICH KÜSSTE, WAR MEINE BESTE FREUNDIN.
4

EINMAL WOLLTE ICH EINE REPORTAGE MACHEN.
ICH PLATZTE INS ZIMMER MEINER LEHRERIN, UM SIE ZU FILMEN.
?!!
WIE IST DAS SO ALS LEHRERIN?
DAS FAND SIE NICHT LUSTIG. IM FLUR GAB'S MÄCHTIG ÄRGER.
ABER ES FÜHLTE SICH GUT AN, IHRE AUFMERKSAMKEIT ZU BEKOMMEN. ES GAB MIR DAS GEFÜHL, IHR WICHTIG ZU SEIN.
ICH SAGTE MIR:
DU WIRST MICH NICHT VERGESSEN!
ENDE

CHARLOTTE
ICH GING IN EINE KLOSTERSCHULE AM ENDE DER WELT.
ICH WAR 14 UND IN DER 8. KLASSE.
ES GESCHAH IN DER LETZTEN SCHUL-WOCHE.
SIE WAR IN DER 9. KLASSE.
WIR SAHEN UNS OFT IN DEN PAUSEN.
1

WIR SCHLIEFEN ALLE IN EINEM LANGEN SAAL: BETT, NACHTTISCHCHEN MIT WASCHSCHÜSSEL, BETT, NACHTTISCHCHEN MIT WASCHSCHÜSSEL...
ZZZZZZZZZZZZZ
IN DER LETZTEN WOCHE KAM SIE EINES NACHTS ZU MIR ANS BETT.
SIE WECKTE MICH.
WIR HABEN VIEL GEREDET...
...UND HIELTEN UNS BEI DER HAND.
2

ES KAM MIR GANZ NORMAL VOR. WIR KONNTEN KAUM MEHR LOSLASSEN, SO SCHÖN UND ZÄRTLICH WAR ES.
WIR HATTEN ANGST, UNS NIE MEHR ZU SEHEN.
IM NÄCHSTEN JAHR WÜRDE SIE NICHT MEHR DA SEIN.
NACH DER 9. MUSSTEN ALLE MÄDCHEN IN DIE HAUSHALTSSCHULE...
A
B
C
D
E
F
G
...UM ZU LERNEN, EINE „GUTE HAUSFRAU" ZU SEIN.
3

DER ABSCHIED WAR HART.
EINMAL KAM SIE AN MEIN BETT UND NAHM MEINE HAND...
POUF
WIR BLIEBEN LANGE EINFACH SO SITZEN.
IN EINER ANDEREN NACHT GING ICH SIE BESUCHEN.
ZAP
ICH HATTE EINFACH LUST, IHRE HAND ZU HALTEN.
4

IN DER LETZTEN NACHT GING ICH ZUR TOILETTE.
ICH KAM RAUS – UND DA STAND SIE.
ES GESCHAH WIE, ÄH... WIE, ÄH...
DIE GROSSEN FENSTER STANDEN OFFEN. ES WAR ENDE JUNI.
WIR SETZTEN UNS AUF DIE HEIZUNG UND SCHAUTEN RAUS.
WIR HIELTEN UNS FEST UND REDETEN BIS ZUM MORGENGRAUEN.
5

UND DANN KÜSSTEN WIR UNS!
ICH DACHTE:
NANU? MAN KANN AUCH MÄDCHEN KÜSSEN?
EIN VÖLLIG NEUER GEDANKE.
ES WAR SO GUT UND WEICH UND ZART.
IN DEN FERIEN SCHRIEBEN WIR UNS.
FRANÇOISE
EINES TAGES ERHIELT ICH EINEN BRIEF, IN DEM SIE MICH FÜR DREI TAGE ZU SICH EINLUD.
6

WIR SCHLIEFEN IM SELBEN BETT.
ES WAR MEIN ERSTES MAL.
WIR SCHLIEFEN BIS ZUM MITTAG.
ALS WIR AUS DEM ZIMMER KAMEN, HATTEN WIR VOR LAUTER GLÜCK ROTE WANGEN.
UNTEN BEGRÜSSTE UNS IHRE MUTTER.
GUTEN MOR-GEN, MÄDELS!
ENDE

DIANE

DAS ZORRO-KOSTÜM MEINES BRUDERS HATTE ES MIR ANGETAN.
ER ZOG ES NIE AN.
LEIH ES MIR NOCH MAL!
NEIN!
BITTE!
ER HATTE EIN ZWEISTÖCKIGES PARKHAUS, DAS ICH TOLL FAND.
AZUR
ESSO
UND MEIN VATER HATTE IHM EINEN FANTASTISCHEN FLASH-GORDON-COMIC GESCHENKT. ICH WAR KRANK VOR EIFERSUCHT.
1

ICH HINGEGEN BEKAM KLEINE SILBERLÖFFELCHEN.
TAUSCHEN WIR!
NEIN!
FLASH GORDON
MAMA NAHM SIE MIR WIEDER WEG.
DAS IST NICHTS FÜR KINDER.
IN EINEM GRANATLOCH SPIELTE ICH TARZAN...
...UND TASCHENDIEB AUF DEM SCHULHOF.
VIERZEHNMAL WECHSELTE ICH DIE SCHULE.
terre mer
DAS IST DIANE! SIE IST NEU HIER!
VIERZEHNMAL WAR ICH DIE NEUE, GLEICHZEITIG ABER AUCH IMMER DIESELBE.
34 = 30+4
SIE IST NEU HIER!
2

JEDESMAL SUCHTE ICH MIR EIN MÄDCHEN, IN DAS ICH MICH VERLIEBEN WOLLTE.
DAS MOTIVIERTE MICH, ZUR SCHULE ZU GEHEN.
?
?
LOS! SONST KOMM ICH ZU SPÄT!
ICH LIEBE ES, WIE SIE BALL SPIELT!
ICH STAND AUF MÄDCHEN, OHNE ES ZU WISSEN.
ICH LIEBE ES, WIE SIE GEHT!
ICH LIEBE ES, WIE SIE NACHDENKT!
3

ICH HATTE EINEN MATROSENANZUG, DEN ICH LIEBTE.
ICH TRUG IHN NUR ZU BESONDEREN ANLÄSSEN.
EINES TAGES SAH ICH ...
?!!
... DASS SICH MEINE KLEINEN BRÜSTE ABZEICHNETEN. PEINLICH!
HILFE!!
ICH WOLLTE KEIN MATROSE MIT BRÜSTEN SEIN.
GIB MIR DEN TINTIN!
DU LIEST IHN JA GAR NICHT!
NEIN!
4

EINMAL SCHAUTE ICH ABENDS ALLEINE EINEN FILM.
ES WAR „MÄDCHEN IN UNIFORM" MIT ROMY SCHNEIDER UND LILLI PALMER.
ALS SIE SICH KÜSSTEN, BRACHTE MICH DAS SO DURCHEINANDER...
...DASS ICH AUSSCHALTETE.
CLIC
ICH BLIEB LANGE IM DUNKELN SITZEN.
DANN SCHALTETE ICH WIEDER AN. KÜSSTEN SIE SICH NOCH? ABER DER FILM WAR AUS.
5

WIR HATTEN EINE LEHRERIN, FÜR DIE ICH SCHWÄRMTE.
J'aimai
tu aimas
elle aima
nous aimâmes
vous aimâtes
elles
IMMER WENN ICH SIE SAH, WURDE ICH ROT UND MEIN HERZ SCHLUG SCHNELLER.
ICH NAHM NACHHILFESTUNDEN BEI IHR.
INS
confiserie
SIE WOHNTE IM 3. STOCK.
WAS MEIN HERZKLOPFEN NOCH VERSTÄRKTE.
SIE WIRKEN NICHT SEHR FIT!
PFFF
BUMM BUMM
SIE WOHNTE MIT EINER ANDEREN FRAU UND ZWEI KATZEN.
ICH GEHE EINKAUFEN, SCHATZ.
6

ICH SASS IN EINEM PLANWAGEN NEBEN EINER FRAU, EINER ART WILDWEST GRETA GARBO.
SIE BEUGTE SICH ZU MIR UND KÜSSTE MICH.
ICH WAR MEHRERE TAGE LANG ZIEMLICH VERWIRRT.
7

SPÄTER, ICH WAR 18, ZOG ICH MIT EINER FRAU ZUSAMMEN.
EIN WUNDERSCHÖNER ORT!
SIE ARBEITETE ALS LANDÄRZTIN.
SCHÖNEN TAG!
ICH WAR VERLIEBT...
ABER SIE STAND EHER AUF MÄNNER.
EIN LIEBESBRIEF VON LUCIEN!
OH! IST JA TOLL!
FUCK!
IM TRAUM WAR ICH MUTIGER.
ICH WILL MIT DIR SCHLAFEN!
SCHLIESSLICH GING ICH.
LEB WOHL!
8

EINES TAGES WURDE MEIN TRAUM WAHR.
ICH VERLIEBTE MICH IN AMANDINE.
WIR MACHTEN MOPED-AUSFLÜGE ENTLANG DES RICHELIEU.
EINES ABENDS ENTDECKTE ICH, DASS IM KINO „MÄDCHEN IN UNIFORM" LIEF...
JEUNES FILLES EN UNIFORM
UND ENDLICH SAH ICH DEN TEIL DES FILMS, DEN ICH VERPASST HATTE.
ENDE

JEANNE
MIT 10 KAM ICH AUF EINE KLOSTERSCHULE.
ES GESCHAHEN DINGE... ABER ICH WAR NAIV.
IST EUCH KALT?
ICH KAM AUS EINER STRENGEN FAMILIE. SOLCHE DINGE WAREN KEIN THEMA.
DER STORCH HAT EUCH ZU UNS GEBRACHT!
DANN KAM ICH IN DIE VOLKSSCHULE.
DORT GAB ES JUNGS, MIT DENEN ICH MICH TRAF.
GEHST DU MIT MIR AUS?
ÄHH, OK! WHY NOT?
1

DANACH GING ICH ZUR UNI.
ICH WOHNTE IN EINEM MÄDCHEN-HEIM.
DIE NONNEN BATEN DIE ÄLTEREN, DIE JÜNGEREN EINZUWEISEN.
MURIELLE KÜM-MERT SICH UM DICH!
HI.
HALLO.
ES GESCHAH IM TREPPENHAUS.
SIE SAH AUS WIE EINE EINHEIMISCHE. SCHWARZE HAARE. MITTELSCHEITEL.
2

SIE TRUG EINEN GEMUSTERTEN ROCK, SCHWARZE NETZSTRÜMPFE...
...EINEN ZWEIREIHIGEN BLAZER UND EINEN ROLLKRAGENPULLOVER.
LIEBE AUF DEN ERSTEN BLICK.
ICH STAND AUF DER SIEBTEN STUFE, SIE AUF DER ZEHNTEN.
SIE WAR 20, ICH 18 JAHRE ALT.
3

SIE HATTE EINEN FREUND. SIE SAGTE:
ICH GEHE JETZT ZU GEORGES.
ICH ANTWORTETE:
ICH WARTE HIER AUF DICH.
UND ICH WARTETE. DAS WAR GAR NICHT SCHLIMM.
SIE VERBRACHTE IMMER WENIGER ZEIT MIT IHM UND MEHR MIT MIR...
DANN GINGEN WIR ZUM STUDIEREN NACH TOULOUSE.
ENDE

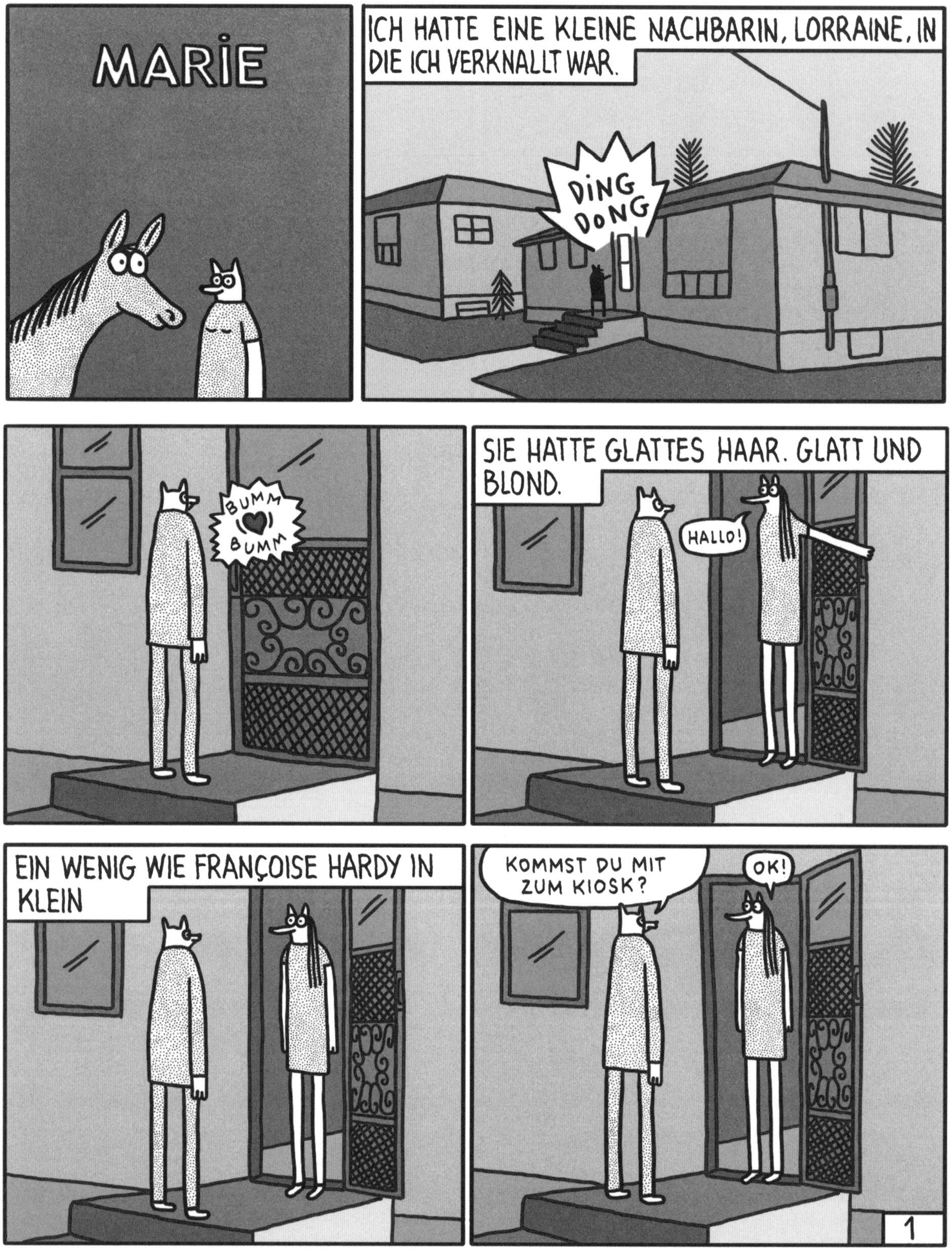
MARIE
ICH HATTE EINE KLEINE NACHBARIN, LORRAINE, IN DIE ICH VERKNALLT WAR.
DING DONG
BUMM BUMM
SIE HATTE GLATTES HAAR. GLATT UND BLOND.
HALLO!
EIN WENIG WIE FRANÇOISE HARDY IN KLEIN
KOMMST DU MIT ZUM KIOSK?
OK!
1

DEN EINEN ARM HIELT SIE SO BEIM GEHEN.
ALSO GING ICH AUCH SO.
Coca-Cola
BIERE & VIN
SPECIAL $9.99
Coca-Cola
BIERE & VIN
SPECIAL $9.99
$9.99
ALS ICH IHREN ARM BERÜHRTE, FIEL ICH FAST IN OHNMACHT!
2

DAS ERSTE MÄDCHEN, DAS ICH KÜSSTE, WAR DIE FREUNDIN MEINES BRUDERS.
SIE HIESS DIANE-ISABELLE.
HALLO!
HALLO!
ICH SPIELTE AUF EINEM KAPUTTEN KLAVIER IM KELLER.
ICH TRUG DEN SCHÖNEN GRÜNEN FRACK UND MOKASSINS.
DIANE-ISABELLE KAM RUNTER ZU MIR.
3

SIE SAGTE:
KÜSS MICH !
9 MONATE LANG WOHNTE ICH BEI IHR.
EIN ROTER VORHANG GAB UNS ETWAS PRIVATSPHÄRE.
EINES ABENDS TRAUTE ICH MICH, SIE ZU STREICHELN.
4

IHRE FAMILIE WAR SEHR ARM. WIR ASSEN EISWAFFELN, DIE WIR IN PEPSI TUNKTEN.
EINES TAGES KAM MICH MEINE MUTTER ABHOLEN.
SIE STECKTE MICH IN EINE FAMILIE IN ONTARIO. WEIT WEG VON MEINER FREUNDIN.
ICH WILL DA NICHT HIN!
ES IST BESSER FÜR DICH.
ONTARIO
WILLKOMMEN, MARIE!
ICH WILL NACH HAUSE!
KOMM, ICH ZEIGE DIR DEIN ZIMMER!
5

ICH KNIFF DAS BABY...
...UND WARF MEINE KIPPEN AUF DEN BODEN.
ICH WOLLTE NUR NOCH WEG.
ABER SIE GABEN MIR EINE KUH ZUM MELKEN.
6

SPÄTER KAM HÉLÈNE, DIE MICH IN DER SCHULE GERNE IN DIE OHREN...
... ZWICKTE.
HI!HI
MEINE MUTTER SAGTE DER DIREKTORIN, DASS ICH LESBISCH SEI.
CIEL
WIEDER EINE NEUE SCHULE.
ECOLE
SIE BRACHTE MICH ZUM GYNÄKOLOGEN.
ALSO WIRKLICH, MADAME!
7

DANN GAB ES EINEN FAMILIEN-RAT.
SUCH MAL „LESBIERIN" IM LEXIKON!
LESBIERIN: VON LESBOS, INSEL IN DER ÄGÄIS...
WEITER...
...HOMOSEXUELLE FRAU!
ICH WURDE NACH MONTREAL GESCHICKT, ZU MEINER SCHWESTER...
...UND MUSSTE MEIN PFERD VERKAUFEN.
ENDE

MATHİLDE
MIT SECHS WAR ICH VERRÜCKT NACH PFERDEN.
Cheval
ICH WOLLTE JOCKEY WERDEN.
ICH ZEICHNETE EINE MENGE PFERDE.
MEIN ZIMMER WAR VOLL VON IHNEN.
1

IN DER KLASSE MEINER SCHWESTER WAR EIN MÄDCHEN, DAS AUSSAH WIE EIN PFERD.
SIE WAR SUPERINTELLIGENT.
NACH DEM UNTERRICHT WARTETE ICH IMMER AUF SIE...
...UM IHR EIN PFERDEBILD ZU SCHENKEN.
DAS IST FÜR DICH!
SO GING DAS EINE WEILE. ICH WAR JEDES MAL NERVÖS.
DAS IST FÜR DICH!
SCHON WIEDER?!
ABER DANN SAGTE SIE MEINER SCHWESTER, ICH SOLLE DAMIT AUFHÖREN.
ES REICHT JETZT!
2

SIE NAHM TURNUNTERRICHT.
ALSO FING ICH AUCH DAMIT AN.
ICH MÖCHTE TURNEN, MAMA!
WIRKLICH? ICH DACHTE, DU HASST DAS ?!!
ERST SCHAUTE ICH IHR ZU.
ICH LEGTE MICH RICHTIG INS ZEUG, UM IHR AUFZUFALLEN. SIE BEGANN, MIR ZU HELFEN.
3

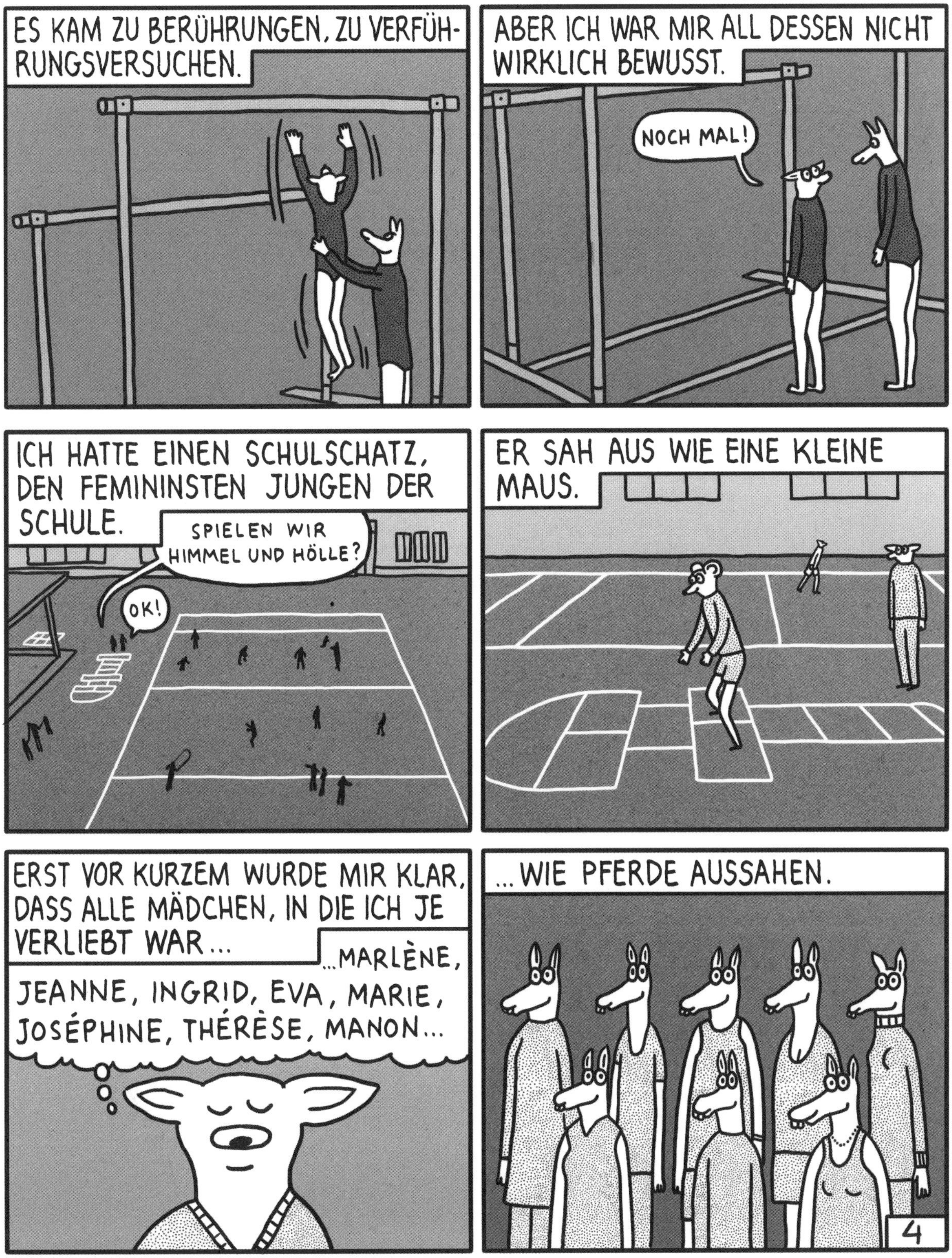
ES KAM ZU BERÜHRUNGEN, ZU VERFÜHRUNGSVERSUCHEN.
ABER ICH WAR MIR ALL DESSEN NICHT WIRKLICH BEWUSST.
NOCH MAL!
ICH HATTE EINEN SCHULSCHATZ, DEN FEMININSTEN JUNGEN DER SCHULE.
SPIELEN WIR HIMMEL UND HÖLLE?
OK!
ER SAH AUS WIE EINE KLEINE MAUS.
ERST VOR KURZEM WURDE MIR KLAR, DASS ALLE MÄDCHEN, IN DIE ICH JE VERLIEBT WAR …
… MARLÈNE, JEANNE, INGRID, EVA, MARIE, JOSÉPHINE, THÉRÈSE, MANON …
… WIE PFERDE AUSSAHEN.
4

DAS MUSS VON WONDER WOMAN KOMMEN.
SIE HATTE DEN TOTALEN PFERDE-KOPF.
UND AUCH EINEN PFERDEKÖRPER.
ZZZWi
ALLE FRAUEN, DIE ICH ANZIEHEND FINDE, SEHEN AUS WIE WONDER WOMAN.
MEINE ERSTE FREUNDIN WAR EINE MISCHUNG AUS PFERD UND WONDER WOMAN.
ES WAR LIEBE AUF DEN ERSTEN BLICK.
5

SCHON BALD WAREN WIR IM SIEBTEN HIMMEL.
WIR WAREN VERLIEBT.
ZUSAMMEN ENTDECKTEN WIR LIEBE UND SEX.
WIR HIELTEN HÄNDCHEN UND KÜSS-TEN UNS, WO IMMER WIR WAREN.
WIR BEMERKTEN DIE ANDEREN NICHT. WIR LEBTEN IN UNSERER EIGENEN WELT.
ICH BIN SEHR FROH, DIESE UNBESCHWERTE ZEIT ERLEBT ZU HABEN.
6

UND JETZT EIN LIED FÜR ALLE VERLIEBTEN.
ES SCHIEN, ALS GÄBE ES NUR UNS AUF DER WELT.
ACH WIE SCHÖN ES DOCH IST, IN DEN ARMEN EINES MANNES ZU LIEGEN...
DANN TRAFEN WIR AUF EINE GRUPPE GEHÖRLOSE...
PALACE
ROSE POURPRE DU CAIRE
WOODY ALLEN
...DIE IM KINO FILME MIT UNTERTITELN SCHAUTEN.
Mon dieu, vous etes encore là! vous devez vraiment aimer ce film!
ES WAREN DIE EINZIGEN LESBEN IN DER STADT UND WIR WOLLTEN SIE UNBEDINGT KENNENLERNEN.
WIR LERNTEN DIE GEBÄRDENSPRACHE, UM UNS MIT IHNEN UNTERHALTEN ZU KÖNNEN.
a b c d e f g h
i j k l m n o
p q r s t u
v w x y z
7

ICH LERNTE ZU SAGEN, DASS ICH AUF FRAUEN STEHE...
...UND MIT ZEICHEN ÜBER MEINE SEXUALITÄT ZU SPRECHEN.
DAS WAR WUNDERSCHÖN.
ICH HABE VIEL VON IHNEN GELERNT.
MEINE ERSTE GAY PRIDE WAR IN PARIS. ICH FUHR AUF DEM FESTWAGEN DER GEHÖRLOSEN MIT.
ENDE

MAXIME
IN MEINEM DORF GAB ES BUTCHES MIT ENTEN-SCHWANZFRISUR.
DAS SIEHT SO AUS:
IN DER KLOSTERSCHULE SAHEN ALLE LESBISCH AUS. DAS MOCHTE ICH NICHT.
AM SELBEN TAG, AN DEM ICH MIT 20 DIE UNI SCHMISS...
ES REICHT!
...NAHM ICH LSD.
1

ICH VERLIEBTE MICH IN EINE FRAU.
ES WAR DAS ERSTE MAL, DASS ICH MICH VERLIEBTE.
WIR HATTEN NUR EINANDER.
KEINE ANHALTSPUNKTE.
DIE GUTE WAHL
SIE
ER
DANN GINGEN WIR AUF EINE REISE.
WIR ZOGEN ZU DRITT LOS.
2

SIE DAMPFTE MIT DER ANDEREN AB.
ICH WAR TOTAL GESCHOCKT.
BOÏNG
ICH REISTE IN DEN NORDEN GRIECHEN-LANDS.
DORT BEGEGNETE ICH EINER SÜSSEN FRAU.
HALLO!
ICH NAHM LSD, UM ZU SCHAUEN, OB ICH MICH VERLIEBEN WÜRDE.
ABER ES WAR NICHT DAS GLEICHE.
3

WIR SCHLUGEN GETRENNTE WEGE EIN.
WIE EIN UHRWERK UMRUNDETE ICH EINE INSEL.
TIC TAC TIC TAC TIC TAC TIC TAC TIC TAC
TIC TAC
SPÄTER TRAFEN WIR UNS IN BELGRAD WIEDER.
NOCH SPÄTER BESUCHTE SIE MICH IN MONTREAL.
ICH HAB EIN BUCH FÜR DICH!
NO MORE MASK
AN ANTHOLOGY OF POEMS BY WOMEN
WAS SOLL ICH DAMIT?
4

NACH EINEM FOTO VON SUZANNE GIRARD

IN DEN TOILETTEN GING ES HEISS ZU UND HER.
MAN MUSSTE ANSTEHEN. EINE FRAU VERTEILTE TOILETTENPAPIER.
IN DER BRASSERIE ALOUETTE GAB ES VIELE BUTCHES.
SIE TRANKEN JE SECHS BIER.
AN DER BAR SASS EINE GROSSE BUTCH.
SIE SAGTE ZU EINEM FEINEN, SEHR FEMININEN TYP:
SCHON GUT, MEIN KLEINER. MÄNNER WIE DU SIND QUASI UNSERE KLEINEN SCHWESTERN!
ENDE

M-H
ICH WAR FÜNF JAHRE MIT EINEM TYPEN ZUSAMMEN. WIR LIESSEN KEINE PARTY AUS.
EINES ABENDS GAB'S EINE PARTY IN HULL. EIN FREUND SAGTE ZU MIR:
HIER, NIMM DEN SMOKING!
ICH ZOG DEN SMOKING AN UND BEKAM EINEN SCHOCK.
VIELLEICHT AUCH, WEIL ICH EIN BISSCHEN HIGH WAR.
ICH GING RAUS, IN EINEM MERKWÜRDIGEN ZUSTAND.
ICH ERKENNE MICH NICHT MEHR!
1

* TELEFONGESELLSCHAFT

HÉLÈNE B. HATTE EINEN FREUND, ABER SIE REDETE NIE ÜBER IHN.
WIR LACHTEN ÜBER DIE ANDEREN MIT IHREN TYPEN.
ER HAT „ICH LIEBE DICH" GESAGT...
HA! HA! HA!
EINE VON IHNEN WOLLTE HEIRATEN.
IN EINEM JAHR UND 2 MONATEN IST ES SO WEIT.
SIE SPRACH VON NICHTS ANDEREM.
IN 8 MONATEN UND 15 TAGEN IST HOCHZEIT!
ICH FAND HÉLÈNE TOLL.
IHR FREUND KAPIERTE ES SCHNELLER ALS ICH. FÜR SEINEN GESCHMACK...
3

...FAND ICH SIE ETWAS ZU TOLL.
DAS WAR VOR DER SACHE MIT DEM SMOKING.
ALS ICH AUCH EINEN FREUND FAND, FÜHLTE ICH MICH SICHER.
ER HAT GESTERN DEN GANZEN ABWASCH GEMACHT!
WOW!
VORHER WAR ICH IHNEN SUSPEKT GEWESEN.
ICH HATTE EINEN STIL, WAR MIR DESSEN ABER NICHT BEWUSST.
ES FOLGTE EINE PHASE BLINDEN MUTES.
BIS SPÄTER, SÜSSER!
4

ICH SCHLIEF EINFACH MIT JEDEM TYPEN...
...ENTDECKTE DIE MACHT, DIE ICH ÜBER SIE HATTE.
ICH MUSSTE SIE NUR LANGE GENUG ANSCHAUEN.
BEVOR ICH FRAUEN DATETE, SCHLIEF ICH MIT DÜNNEN UND DICKEN, MIT VERRÜCKTEN, MIT RÜPELN, ROMANTIKERN, ZWILLINGEN...
5

DANN VERLIESS ICH MEINEN FREUND.
ADIEU CHÉRI!
ICH WOLLTE FRAUEN KENNENLERNEN.
ICH GING IN EINE BAR FÜR FRAUEN.
chez Gellie's
ICH WAR ÜBERWÄLTIGT.
ICH FÜHLTE MICH SOFORT ZU HAUSE, OBWOHL ICH NOCH NIE ZUVOR DORT GEWESEN WAR.
ALS ERSTES NAHM ICH DEN DUFT WAHR. ES ROCH NICHT NACH PARFÜM, ES WAR EINFACH EIN DUFT.
6

DA WAR ICH ALSO, ABER ES GESCHAH EIGENTLICH NICHTS.
ICH WAR VIEL ZU NERVÖS.
IN OTTAWA GING ICH IN EINE ANDERE BAR FÜR FRAUEN.
Club
SIE LAG IM UNTERGESCHOSS, WIE DAS CHEZ EATON IN TORONTO.
Club
EINMAL PRO WOCHE WAR DORT FRAUENABEND. ICH WAR SUPERNERVÖS.
ELLBOGEN AUF DEN TISCH ODER...
...EHER AUF DIE STUHLLEHNE?
WIE SOLL ICH DAS GLAS HALTEN?
7

ICH WAR NERVÖS, WEIL ICH ETWAS WOLLTE.
ICH TRANK MEIN BIER UND FRAGTE MICH:
WEN?
UNDENKBAR, HIER DEN ABSCHLEPP-BLICK ZU PROBIEREN.
ICH WAR UNSICHER. WIE WIRKTE ICH WOHL AUF DIE ANDEREN?
SOLL ICH AUF HART MACHEN?
BIN ICH WIE EIN OPFER GEKLEIDET? WIR-KE ICH WIE EINE BUTCH?
ICH HATTE EINE KLEINE IDENTITÄTS-KRISE.
8

ICH WOLLTE AUF MICH AUFMERK-SAM MACHEN...
...ABER GLEICHZEITIG AUCH NICHT.
ES LIEF SCHNULZIGE MUSIK.
STREICH MIR DURCH MEIN HAAR
SÄNGERINNEN AUS QUÉBEC, WIE CLAUDE VALADE.
FLÜST'RE LEISE IN MEIN OHR
ICH DACHTE MIR:
ADIEU, GUTE MUSIK...
DEINE AUGEN, DEINE LIPPEN
DANN TANZTE ICH DOCH NOCH MIT EINER FRAU.
TANZT DU?
KOMM UND LEG DICH ZU MIR
9

IMMER NUR LANGSAME TÄNZE. MAN SAH SICH NUR EINMAL DIE WOCHE...
DICH NAH BEI MIR ZU SPÜREN
...ALSO MUSSTE ES KLAPPEN.
EINE NACHT IN DEINEN ARMEN
SIE TRUG HOSEN MIT BÜGELFALTEN, EIN HEMD MIT BREITEM KRAGEN...
LIEBE MICH BIS ZUM MORGENGRAUEN
...UND EINE VERGOLDETE HALSKETTE.
IST ES GUT ODER IST ES SCHLECHT
TROTZ MEINER NERVOSITÄT MUSSTE ICH LACHEN...
ZERREISST MIR FAST DAS HE-E-ERZ
?
HI! HI! HI! HI!
MEINE MUTTER HATTE ALL MEINEN BRÜDERN VERGOLDETE KETTEN MIT IHREN STERNZEICHEN GESCHENKT.
10

MEINE BRÜDER HATTEN DAMALS GELACHT.
HAHA! UND WAS SOLLEN WIR DAMIT?
ZIEHT SIE AN UND KNÖPFT EURE HEMDEN AUF!
MEINE MUTTER STAND AUF TOM JONES.
SIE FAND IHN SUPERHEISS.
SIE KAUFTE MEINEN BRÜDERN AUCH KARIERTE HOSEN.
NOCH LANGE SCHERZTEN WIR MITEINANDER:
KNÖPF DEIN HEMD AUF! HAHA!
11

MIT IHR IST NICHTS WEITER PASSIERT.
UNSER ABENTEUER IST ZU ENDE
EINE ANDERE FRAU KAM, NOCH KOMISCHER ANGEZOGEN.
ADIEU, MEIN HERZ
MAGST DU TANZEN?
KLAR!
SIE SCHIEN SICH FÜR MICH ZU INTERESSIEREN.
NUR EIN TRAUM NUN IST SIE FORT
DU HAST SCHÖNE OHREN!
SIE TRUG SYNTHETISCHE KLEIDUNG.
FLÜCHTIGER ALS EIN SCHATTEN AUF HEISSEM SAND
ICH FAND ES EIN BISSCHEN EK-LIG, DAS NYLON ZU BERÜHREN.
ADIEU, GUTE MUSIK! TSCHÜSS, BAUMWOLLE.
ICH KENNE EINEN ENGEL
BEI IHR HATTE ICH ECHT DAS GEFÜHL, ANGEFLIRTET ZU WERDEN. SIE WAR ENGLÄNDERIN.
IRGENDWO IM LAND DER SONNE
HOW DO YOU DO?
12

MEIN PLAN WAR, MIT EINER FRAU ZU SCHLAFEN, NICHT, MICH ZU VERLIEBEN.
DAS MUSSTE ICH MIR IN ERINNERUNG RUFEN.
YOU LOOK THOUGHTFUL!
WIR SETZTEN UNS AN EINEN TISCH.
EINE ANDERE FRAU KAM ZU UNS, IHRE FREUNDIN.
HALLO, SCHATZ!
SIE TRUG EINE VERSPIELTE BAUMWOLLBLUSE MIT STICKEREIEN.
ICH DACHTE:
FUCK! SIE HAT EINE FREUNDIN!
CHEERS!
EIN GROSSES BIER, BITTE!
13

WIR VERSTANDEN UNS GUT UND ZOGEN WEITER IN EIN IRISCHES PUB.
PUB
DORT TRANKEN WIR OR-DENT-LICH!
WENIG SPÄTER FAND ICH MICH IN IHRER WOHNUNG WIEDER- BEI EINEM DREIER.
MEIN ERSTES MAL.
WOW, WIE COOL!
UND DANN FIEL ICH VOM BETT UND RIEF:
ES LEBEN DIE FRAUEN!
ENDE

OCTOBER
ICH WAR ELF.
MEINE ELTERN RECHNETEN NICHT DAMIT, DASS ICH MEINE ABSCHLUSSPRÜFUNG BESTEHEN WÜRDE.
NICHT MÖGLICH!
ZEIG HER!
BRAVO, MEINE KLEINE!
BRAVO, MEIN SCHATZ!
ES WAR EINE ABSCHLUSSREISE NACH LOURDES GEPLANT.
MEINE ELTERN WAREN SO ZUFRIEDEN MIT MIR, DASS SIE MICH GEHEN LIESSEN.
1

AUS: „POUR L'AMOUR DE MARIE SALAT" VON RÉGINE DEFORGES

NACHTS KAM SIE UND LEGTE SICH ZU MIR.
SIE BEGANN MICH ZU STREICHELN.
ICH WAR SEHR ERREGT. ABER ICH WUSSTE NICHT, WAS TUN.
ALSO TAT ICH NICHTS.
ES FÜHLTE SICH GUT AN...
...ABER GLEICHZEITIG AHNTE ICH, DASS ES VERBOTEN WAR.
GAR NICHT GUT!
MIR DOCH EGAL!
3

IN LOURDES KONNTE ICH AN NICHTS ANDERES DENKEN.
ICH MALTE MIR AUS, WIE ICH SIE STREICHELN WÜRDE.
ICH MERKTE, DASS ICH GERNE EINE FRAU LIEBEN WÜRDE.
JAHRELANG DACHTE ICH DARAN.
BAKERSTRE
4

MIT 15 GING ICH AN EIN MEETING DER GAY LIBERATION FRONT.
ICH FAND ALLE DORT SEHR SCHÖN.
DANN GINGEN WIR IN EIN PUB.
LONDON PUB
ICH WAR NOCH ZU JUNG, UM AUSZUGEHEN, ABER ICH TAT, ALS OB ICH ÄLTER WÄRE.
EINE DER FRAUEN GEFIEL MIR SEHR.
ICH FRAGTE SIE:
DARF ICH SIE AUF EINEN DRINK EINLADEN?
5

SIE ANTWORTETE:
WIE ALT BIST DU?
ICH SAGTE:
21!
WIE ALT?
WAS DARF'S SEIN?
18!
EIN BLUE LAGOON!
WIE ALT?
GUT, OK, ICH BIN 15.
ZWEI SEX ON THE BEACH!
SIE HIESS CHRISSY. SIE WAR 26 JAHRE ALT.
EINEN DOPPEL-TEN SCOTCH!
EINEN SHIRLEY TEMPLE!
6

WIR TRANKEN.
CLINK
SIE GAB MIR IHRE TELEFONNUMMER.
ICH HATTE DAMALS KEINE.
LONDON PUB
BIS BALD!
ICH RUF DICH AN.
ICH WOHNTE BEI MEINEN ELTERN.
HALLO, SCHÄTZCHEN!
HALLO, MAMA!
WIR WAREN SEHR ARM. WIR HATTEN KEIN TELEFON.
7

AM NÄCHSTEN TAG TRAFEN WIR UNS...
...MITTAGS IN EINEM PARK.
WIR KONNTEN NICHT ZU IHR. SIE LEBTE MIT IHRER FREUNDIN ZUSAMMEN.
WIR HIELTEN HÄNDCHEN UNTER MEINEM BLAZER.
MEHR IST ZUR MITTAGSZEIT IN EINEM PARK SCHLECHT MÖGLICH.
ICH GING ZURÜCK IN DIE SCHULE.
TSCHÜSS!
ICH RUF DICH AN!
8

TAGS DARAUF TRAFEN WIR UNS IN EINEM RESTAURANT IN KENSINGTON.
NACH EIN PAAR MINUTEN GINGEN WIR ZUR TOILETTE.
ES WAR DAS ERSTE MAL, DASS ICH EINE FRAU BERÜHRTE.
ES WAR UNVERGESSLICH.
SIE LUD MICH ZU FREUNDEN VON IHR EIN.
KOMM MORGEN ZU DIESER ADRESSE!
OH ?!!
9

DAS IST GEGENÜBER VON MEINEN ELTERN!!!
MEINE MUTTER SAGTE OFT:
HALT DICH FERN VON DIESEN HIPPIES UND DROGENSÜCHTIGEN!
DAS HAUS HATTE GROSSE FENSTER OHNE VORHÄNGE.
KOMM!
DAMIT MEINE MUTTER MICH NICHT SAH, MUSSTE ICH AM BODEN ENTLANG KRIECHEN...
...BIS ZUM ZIMMER.
DORT HATTE ICH ZUM ERSTEN MAL SEX.
10

ES WAR DER SCHÖNSTE MOMENT, DEN ICH JE ERLEBT HATTE.
ICH WAR VÖLLIG LIEBESTRUNKEN.
ABER SIE HATTE EINE FREUNDIN UND ICH WAR ZU JUNG.
WIR TRENNTEN UNS.
JAHRE SPÄTER HABE ICH CHRISSY WIEDER GETROFFEN.
OCTOBER!
CHRISSY!
TELEPHONE
SIE SAGTE:
ICH HAB DICH JAHRELANG GESUCHT.
TELEPHONE
11

ICH WOLLTE UNBEDINGT NOCH EINMAL MIT IHR SCHLAFEN.
TELEPHONE
ICH BAT MEINE FREUNDIN UM ERLAUB-NIS.
IST OK, ABER KOMM ZURÜCK!
TELEPHONE
ICH GING IMMER SONNTAGNACHMITTAGS ZU CHRISSY.
24
SIE WOHNTE NAHE HAMPSTEAD HEATH.
ERST TRANKEN WIR EIN GLAS SCHÖN KALTEN CHAMPAGNER.
POP
DANN HATTEN WIR SEX.
12

MANCHMAL LUD SIE MICH ZUM ESSEN EIN.
ZURÜCK GING'S IM TAXI.
DAS LEBEN WAR SCHÖN.
BIS ICH DEN FEHLER MACHTE, CHRISSY MEINER FREUNDIN VORZUSTELLEN.
KURZ DARAUF...
HALLO, CHRISSY, SEHEN WIR UNS AM NACHMITTAG?
ÄH, NEIN. ICH MUSS ARBEITEN.
HALLO, SCHATZ! WO WARST DU?
ÄH, IM BÜRO.
AM SONNTAG?
ENDE

SASHA
MEIN ERSTER SCHWARM WAR DIE LEITERIN IM SOMMERCAMP. ICH WAR VIER.
UM SIE ZU BEEINDRUCKEN, WARF ICH KÖRBE VON UNTEN.
IM KINDERGARTEN HATTE ICH EINE FREUNDIN.
Aa
EIN JAHR SPÄTER LERNTE ICH IHRE GROSSE SCHWESTER KENNEN.
1

LIEBE AUF DEN ERSTEN BLICK.
SIE WAR ZUM DURCHDREHEN SCHÖN!
WAS IST? KOMMST DU?
SIE WAR 3 JAHRE ÄLTER ALS ICH.
DEINE SCHWESTER IST JA SUPERSCHÖN!
BÖ!
SIE GAB MIR EIN FOTO VON SICH.
DAS IST FÜR DICH!
WOW! COOL!
ABER ICH WAR ENTTÄUSCHT.
ÄH, OKAY...
ES WAR EIN BABYFOTO VON IHR.
2

IN DEN WEIHNACHTSFERIEN LUD SIE MICH ZU SICH EIN.
SIE WAR SEHR MÄDCHENHAFT. SIE SPIELTE MIT BARBIES.
ICH BEVORZUGTE LEGO.
ALSO SPIELTE ICH EBEN MIT IHREM BRUDER.
SIE WAR TRAURIG, DASS ICH NICHT MIT IHR SPIELTE.
ICH TRÖSTETE SIE. MEIN HERZ MACHTE DABEI EINEN RIESIGEN SPRUNG.
3

ICH SAGTE ZU IHR:
ICH LIEBE ES, WENN DU WEINST.
DAS FAND SIE ZIEMLICH SCHRÄG.
WIESO SAGST DU DAS ?!!
ZUM ERSTEN MAL WAR ICH IN JEMANDEN VERLIEBT.
ICH MACHTE IHR JEDE MENGE GESCHENKE...
...ABER SIE FAND MICH BLOSS NOCH SCHRÄGER.
VLAM
ICH DACHTE MIR:
DANN LIEBT SIE MICH EBEN NICHT.
4

NACH DER ERSTEN KLASSE ZOG SIE WEG.
ICH LIEBTE SIE WEITERHIN.
MEIN ERSTER KUSS WAR EIN ALB-TRAUM.
ICH KÜSSTE MEINE BESTE FREUNDIN.
SIE RIEF:
VERGEWAL-TIGUNG!
PHOTOS 4
3$
JAHRELANG WAR ICH ZU GEHEMMT, UM DEN ERSTEN SCHRITT ZU TUN.
5

DANN VERLIEBTE ICH MICH IN EIN MÄDCHEN AUS MEINER KLASSE.
SIE WAR SICH UNKLAR ÜBER IHRE SEXUELLE ORIENTIERUNG.
STEHE ICH WIRKLICH AUF FRAUEN?
HOMOSEXUALITÄT WAR IN DER SCHULE NICHT BESONDERS AKZEPTIERT.
STEHE ICH WIRKLICH AUF FRAUEN?
ABER ICH HATTE MEIN COMING-OUT.
ICH BEGEHRE FRAUEN!
ES GAB EINIGE, DIE DAS COOL FANDEN.
COOL!
COOL!
COOL!
DIE MÄDCHEN, MIT DENEN ICH ZU TUN HATTE, BRACHTE DAS ZUM NACHDENKEN.
STEH ICH AUF FRAUEN?
STEH ICH AUF FRAUEN?
STEH ICH AUF FRAUEN?
6

SPÄTER AN DER UNI WAR ES UMGEKEHRT.
ALLE WOLLTEN EINE HOMOSEXUELLE ERFAHRUNG MACHEN.
DIE MÄDCHEN STANDEN SCHLANGE.
HALLO, HIER IST MELLISA! WOLLEN WIR MAL INS KINO GEHEN?
ÄH... JA!
WAS FÜR EIN CHAOS!
HALLO, HIER IST VALÉRIE! TREFFEN WIR UNS AUF EINEN DRINK?
ÄH... JA!
ICH MUSSTE LERNEN, NEIN ZU SAGEN...
KÖNNTEN SIE MIR SAGEN, WIE SPÄT...
NEIN!
...DENN SIE WOLLTEN ALLE NUR RUMPROBIEREN. ABER LIEBE WAR DAS NICHT.
HALLO, HIER IST ELISE. GEHEN WIR TANZEN?
ÄH...
ENDE

ISBN 978-3-03731-203-2

Edition Moderne
Eglistrasse 8
CH–8004 Zürich
editionmoderne.ch

Übersetzung aus dem Französischen: Christoph Schuler
Lektorat: Wiebke Helmchen
Handlettering: Michael Hau
Herstellung: Angelika Siebenländer
Gestaltung: Claudio Barandun und Julia Marti

Druck: OZ Graf, Olsztyn, Polen

Wir danken dem Conseil des arts du Canada für die Unterstützung.

Conseil des arts du Canada — Canada Council for the Arts

Der Verlag bbb Edition Moderne AG wird vom Bundesamt für Kultur mit einem Strukturbeitrag für die Jahre 2016–2020 unterstützt.

Für die finanzielle Unterstützung danken wir dem Edition Moderne Fanclub:

Christoph Asper
Gaby Basler-Bolle
Michael Bischof
Zoé & Diego Bontognali
Thomas Eppinger
Beat Fankhauser
Jürgen Grashorn
Christian Greger
Wenzel Haller
Beatrice Hauri & Werner Beck
Reto Hochstrasser
Hans-Joachim Hoeft
Stephan König
Claude Lengyel
Marius Leutenegger
Leif Lindtner
Torsten Meinicke
Juan Ortega
Sara Plutino
Christian Schmidt-Neumann
Sequential Art Rostock
SKDZ Schule für Kunst und Design Zürich
Hartwig Thomas
René Zigerlig